LE GÉNIE

DE

LA POLOGNE

PAR

DOMINIQUE FONTAN

PARIS

GOSSELIN, LIBRAIRE-ÉDITEUR

BOULEVARD SÉBASTOPOL, 17 (RIVE DROITE)

1865

Sous le dernier règne, un ministre laissait tomber ces mots du haut de la tribune : *Enrichissez-vous!* — Ces paroles démoralisatrices ont porté leur fruit. Aujourd'hui le père les répète à son fils en le lançant dans le monde, la mère les murmure à l'oreille de sa fille dès que son cœur commence à battre; et c'est ainsi que les égoïsmes particuliers ont fini par former un immense égoïsme national. Nous savons qu'en France ces époques de défaillance sont, fort heureusement, passagères. Néanmoins il est bon, lorsqu'elles se produisent, qu'une voix partie du sein de la minorité vienne protester en rappelant à la conscience publique, que selon la belle parole de Shakespeare, *la France est le soldat de Dieu,* et qu'elle ne peut, sans déchoir, s'abaisser au niveau du trop fameux *Non possumus*.

L'égoïsme! mais c'est le signe le plus certain de la décadence d'un peuple. Que l'on jette d'ailleurs les yeux sur l'Angleterre, et l'on comprendra pourquoi le prestige de ce peuple, si grand à tant d'autres égards, s'évanouit tous les jours davantage depuis la dernière guerre d'Italie.

Nous ne multiplierons pas les exemples pour démontrer que ce vice finit tôt ou tard par être fatal aux peuples comme aux individus. Et pourtant c'est là une vérité dont la jeunesse actuelle n'est pas suffisamment pénétrée : lorsqu'une voix s'élève et fait vibrer les mots de *liberté* et de *patrie*, n'est-ce pas presque toujours une voix de la génération qui s'en va?

Sans doute, tous les jeunes gens ne rêvent pas prime et report; sans doute aussi, parmi ceux qui ont l'honneur de tenir une plume, il s'en trouve dont les nobles aspirations ne sauraient être méconnues sans injustice; mais ce n'est toujours là qu'une minorité.

Et des vers! qui est-ce qui fait des vers aujourd'hui? De pauvres fous qui ont la naïveté de croire à la patrie, à la liberté, au droit, à la justice, à l'avenir!

Nous laissons à de plus autorisés que nous le soin d'apprécier l'œuvre de notre ami. Nous craindrions d'ailleurs de la juger plutôt avec le cœur qu'avec la sage réserve que doit nous imposer notre affection pour lui. Qu'il nous soit seulement permis de faire remarquer que dans plus d'un endroit on retrouvera la puissante verve d'Auguste Barbier, — un grand poète celui-là, — et qu'assurément il eût été difficile de faire un plus touchant appel aux sympathies pour les vaincus, les proscrits, les suppliciés d'une grande et noble cause.

H. LAPEYRE.

LE GÉNIE

DE LA POLOGNE.

I.

Moi, fantôme oublié, je dormais dans ma tombe.
C'était un lourd sommeil, comme un sommeil de mort,
Et pourtant je rêvais!..... D'un peuple qui succombe
Je suivais du regard le douloureux effort.

Je voyais mes enfants, dans leurs combats suprêmes,
S'élancer et mourir sous les feux redoublés.
Je voyais mes drapeaux, mes glorieux emblèmes,
Déchirés et sanglants, dans la poudre traînés.

D'autres fuyaient, hélas! loin, bien loin de leur mère,
Aux malheurs de l'exil par le sort condamnés.
Ils allaient tristement vers la terre étrangère
Demander un asile aux peuples consternés.

Les rois voient sans pitié la Pologne expirante;
Tout élan généreux allume leur courroux.
Qui donc parle du droit? — La force triomphante,
L'autorité, voilà! Vous peuples, à genoux!

Et les rois ne voient pas, dans un avenir sombre,
S'agiter mille essaims de farouches guerriers;
Quelque autocrate, chef de peuplades sans nombre,
Nouveau *Fléau de Dieu*, préparer ses coursiers.

Ils veulent que du fond de ses steppes sauvages,
Hurlant, échevelé, comme un vaste ouragan,
Il s'élance par bonds vers les lointaines plages,
Foulant, écrasant tout sous son pied de tyran.

L'ordre règne en effet dans nos villes désertes.
Sur nos débris fumants, comme un affreux vautour,
L'ordre plane en silence, et les fosses ouvertes
Dévorent par milliers les fils de mon amour,

Mes enfants Polonais, noble race de braves,
Enfants de Sobieski, sauveur de l'Occident
Quand l'Ottoman vainqueur nous montrait des entraves,
Et sur les murs de Vienne arborait le Croissant.

Le Germain succombait sous ses remparts en poudre.
La Pologne accourut. Ses fougueux cavaliers
Sur les fils de l'Islam tombaient comme la foudre;
Leur charge renversait, foulait les rangs entiers.

Le Janissaire impur a mordu la poussière;
L'étendard du Prophète a fui devant la Croix.
Arrière, Musulman! envahisseur, arrière!
De Sobieski vainqueur n'entends-tu pas la voix?

II.

Pourquoi ces souvenirs au sein des funérailles ?
Pourquoi? Mais écoutons! Quel est ce bruit nouveau?
J'entends gronder au loin la foudre des batailles ;
Sur ses bases je sens s'agiter mon tombeau.

Noir sépulcre, ouvre-toi, laisse passer ma tête.....
Ah! les vents du midi m'apportent les clameurs
Et les fracas guerriers, formidable tempête,
De deux camps déchaînés les luttes, les fureurs.

Salut aux Léopards de la vieille Angleterre!
Surtout salut à toi, noble et vaillant drapeau!
Ton Aigle a donc repris son vol et son tonnerre?
Salut! Pour nous enfin se lève un jour nouveau.

Ta tour, Sébastopol, ta Malakoff géante
Voit la mort pénétrer dans ses flancs dévastés.
Son front s'est couronné d'horreur et d'épouvante :
Le fer abat les corps sur les corps entassés.

Mais le voilà, flottant sur le donjon immense,
Livrant aux vents du ciel ses plis victorieux ;
Le voilà, le voilà! c'est l'arc-en-ciel de France,
C'est des rudes combats le drapeau glorieux.

Le Russe fuit, revient, fuit et revient sans cesse.
Ses chocs désespérés, ses furieux élans
Se brisent aux bastions où, dans sa folle ivresse,
Il croyait arrêter les flots toujours montants,

Les flots de ces soldats enfonçant les barrières,
Franchissant les fossés, suspendus aux créneaux,
Sur les rocs foudroyés arborant les bannières,
Phares de liberté dans ces climats nouveaux.

Le Czar, dans ses conseils, forgeait encor des chaînes.
L'Angleterre et la France, au jour réparateur,
Ont dans le sang du Russe éteint leurs vieilles haines.
Pologne, tu vivras! C'est le jour du Seigneur;

Du Seigneur, qui te voit pleurer toutes tes larmes
Sur tes jours disparus, sur tes enfants proscrits;
Du Seigneur, dont la main a semé les alarmes
Parmi tes meurtriers condamnés et maudits.

Lève-toi, lève-toi! c'est la grande journée;
Kosciusko sourit à tes nouveaux destins,
Son ombre te bénit, Pologne bien-aimée;
Elle remet le glaive à tes vaillantes mains.

Mais quel épais nuage a couvert l'étendue?
Je n'aperçois plus rien à l'horizon désert.
Du sommet de ces monts tout à coup descendue,
La nuit couvre la terre, et le ciel, et la mer.

Ah! l'ombre se dissipe et je revois l'espace.
Que sont donc devenus ces vaisseaux, ces soldats?
Dans cette immensité que mon regard embrasse,
Pas un mât, un drapeau, pas un bruit de combats!

Ils sont partis! Ce rêve est plus cruel encore
Que le sombre tableau de nos derniers revers.
Ils étaient là pourtant! Le drapeau tricolore
Hier flottait encor sur ces murs entr'ouverts.

Hier, nous avons vu vers le Redan terrible
Marcher le fier Anglais, à pas lents, mesurés;
J'admirais ce sang-froid, ce courage impassible
Opposant à la mort ses retours obstinés.

Soldats de l'Occident, noble et vaillante armée,
Fils de la liberté, pas un regard, hélas!
Un mot, un souvenir pour la sœur éplorée
Qui vous montre ses fers, pleure et vous tend les bras?

Qu'entends-je au loin? — Ami, l'heure n'est pas venue :
Il faut qu'elle ait sonné dans les décrets de Dieu.
A ce dernier moment, à cette heure attendue,
La Pologne vivra... Nous reviendrons... Adieu! —

Moi, j'écoutais la voix qui montait dans l'espace.
Immobile, attentif, l'œil fixé sur les flots,
De la rapide nef je suis au loin la trace.
Mon oreille charmée a recueilli ces mots :

Promesse de salut que l'écho de ces plages
Confiait doucement à la brise des mers,
Que le vent apportait du fond de ces rivages
Aux tristes régions qui dormaient dans leurs fers.

III.

Et pas un signe encor! c'est le même silence,
Le même abattement en long habit de deuil!
On dirait que, plongée en sa douleur immense,
La Pologne elle-même a scellé son cercueil!

Voilà que tout à coup une nouvelle vie
Anime ce grand corps dans son vaste tombeau.
C'est la Pologne, enfin; c'est elle, la patrie
Qui se lève et regarde en face le bourreau.

Pâle, les bras croisés, entonnant l'hymne sainte,
Debout au seuil du temple, elle dit aux soldats :
« Vous n'étoufferez pas ma douloureuse plainte,
« Russes, de mes tyrans je veux lasser les bras.

« Déchargez vos mousquets sur ma poitrine nue,
« Faites siffler le knout. Un prochain avenir
« Confondra pour jamais votre rage éperdue.
« Vous avez beau frapper, je ne peux pas mourir. »

Le jour succède au jour, le supplice au supplice,
Sanglante et désarmée, elle invoque le ciel ;
Elle attend sans fléchir le jour de la justice,
Le saint jour des combats au nom de l'Éternel.

Le Moscovite rit dans les maisons violées.
Partout des cris, des pleurs, de convulsifs sanglots ;
Il montre, pour leurs fils, aux mères désolées,
Les rangs du soldat russe, ou l'exil, les cachots.

Une nuit, la cité s'éclaire d'un feu sombre.
A l'appel du tocsin, l'air s'emplit de clameurs.
C'est comme un ouragan ; le plomb siffle dans l'ombre.
L'heure a-t-elle sonné? seraient-ce les vengeurs ?

Où vont tous ces enfants? Quelle héroïque audace
Affronte des soldats le choc impétueux ?
Le flot monte toujours, il se dresse, il fait face.
Les retours offensifs, les bonds tumultueux

De ce peuple martyr, poussant le cri de guerre,
Étonnent l'étranger... Il recule un instant,
Il hésite, il chancelle, il sent que cette terre
A tremblé sous ses pieds dans son réveil puissant.

Partout le sol s'anime, et la forêt natale
De ses sombres abris ouvre les profondeurs.
Ses flancs inexplorés, mystérieux dédale,
Ont reçu dans leurs plis ces ardents précurseurs

Qui d'abord isolés, sans chef et sans bannière,
Tantôt luttant, tantôt dissimulant leurs pas,
Courent sous ces massifs organiser la guerre,
Hasards multipliés, guerre aux mille combats.

C'est bien le temps fatal! Mais les assauts étranges
De ces hardis faucheurs, bravant les bataillons
Tout couronnés de feux, redoutables phalanges,
Ces assauts redoublés, sans mousquets, san canons,

C'est sublime et navrant! A nous, Français, nos frères!
La Pologne combat. Dans ses flancs déchirés
Le vautour moscovite enfonce encor ses serres.
Frères, entendez-vous ses cris désespérés?

Lorsqu'à la France, un jour, l'Europe conjurée
Envoyait la menace et préparait des fers,
La bonne sœur du Nord de sa sœur bien-aimée
Partagea jusqu'au bout la gloire et les revers.

Vous avez dit ces mots : — « L'heure n'est pas venue,
« Il faut qu'elle ait sonné dans les divins décrets. »
Le voilà, le moment! voilà l'heure attendue :
Le cœur se souvient-il, et les bras sont-ils prêts?

Elle est seule, livrant ses dernières batailles,
Ne l'abandonnez pas dans ce suprême effort;
Chaque heure, chaque instant double les funérailles,
Entendez son serment : *Être libre ou la mort!*

IV.

Être libre ou la mort! — Mais, c'est la mort peut-être.
L'Occident indécis, immobile là-bas,
De nos cendres pourtant voudrait nous voir renaître.
Il regarde, il hésite, il attend, l'arme au bras.

Voilà que sur ton sein, ô terre du martyre!
Je vois tomber nos fils, tués mais non vaincus.
Emportés, l'œil en feu, par leur noble délire,
Ils fondent au milieu des soldats éperdus,

Qui, renversés d'abord par le choc formidable,
Par le terrible élan de ceux qui vont mourir,
Ont reformé bientôt un cercle impénétrable..
Et d'effroi, cependant, ils se sentent pâlir.

Ils ont peur de ces morts couchés dans la poussière,
Vingt contre un, ils ont peur des derniers combattants.
C'est que le Seigneur met un rayon de lumière
Du front du sacrifice et des grands dévoûments.

C'est lui qui met au cœur d'une indigne victoire
La honte et le remords qui troublent le tyran;
C'est lui dont la justice a décerné la gloire
Au patriote pur qui donne tout son sang.

Ainsi, quand succombaient aux champs de la Judée,
Sous les coups répétés d'un ennemi nombreux,
Les rares compagnons qui suivaient Macchabée;
Lorsque, épuisé d'efforts, sanglant et glorieux,

Dans un dernier assaut le Lion de Solyme
Tombait sur des monceaux de Syriens terrassés,
L'auréole du saint ornait son front sublime,
Les siens, autour de lui, rayonnaient de clartés.

Et l'étranger vainqueur, en voyant ces visages
Présenter dans la mort comme un reflet du ciel,
Est frappé de terreur. Il sent dans ces présages
L'infaillible succès des armes d'Israël.

L'oppresseur a dressé l'appareil du supplice;
Ce n'est plus le combat. Le hideux échafaud
Va devenir partout l'autel du sacrifice.
Qui préside à ces jeux? Mourawief, le bourreau.

Le Tartare se plaît au râle des victimes;
C'est l'harmonieux son d'un instrument divin
Qui le berce et l'endort... Mais Dieu compte les crimes,
Et l'histoire dira : *Mourawief assassin.*

Les *tourmenteurs* d'enfants, de vieillards et de femmes,
Proscripteurs sans pitié du deuil pieux, des pleurs,
Qui vont détruisant tout par le fer, par les flammes,
Sont calmes, gracieux dans toutes ces horreurs!

Ah! les femmes en butte à l'insulte, à l'outrage,
Pour avoir déployé d'héroïques vertus!
Quel peuple êtes-vous donc? une horde sauvage,
Recouvrant d'un vernis ses cruels attributs.

Les voyez-vous aussi, dans leurs sombres pensées,
Sous le fouet du Kalmouk, ces milliers de bannis
Se traîner, grelottants, vers les steppes glacées?
C'est qu'ils ont acclamé, défendu leur pays.

Des citoyens veillaient, délibéraient dans l'ombre,
Invisible pouvoir, mystérieux congrès.
On ne disait jamais ni leurs noms, ni leur nombre;
C'est de là que partaient les ordres, les décrets.

Gouvernement proscrit, chacun jouait sa tête;
Pilotes, au milieu des courants incertains,
Du vaisseau mal gréé, battu par la tempête,
Ils tenaient le timon de leurs vaillantes mains.

Quelques-uns ne sont plus : vienne, un jour, la vengeance!
D'autres sont accourus... Encor la même loi.
Leur œuvre se revêt de secret, de silence,
La devise est toujours : *Persévérance et foi!*

Non, tu ne mourras pas, ô Pologne chérie!
Tes destins sont écrits au livre des vivants.
Tout est fini, dit-on! — Et tu n'es qu'endormie;
Mais du dernier réveil Dieu seul connaît le temps.

Ce temps, j'ai cru le voir; ce n'était qu'une épreuve,
Une épreuve de plus... quand on a tant souffert!
Allons! repose-toi dans tes voiles de veuve!
Je reprends le linceul... le tombeau reste ouvert.

LES FANTOMES DE VENISE.

Le bruit s'éteint, et la pauvre Venise
Dans le sommeil veut oublier ses maux.
Le long des mâts tombe la voile grise,
La sombre nuit verse tous ses pavots.
Quand, tout à coup, l'horizon noir foisonne
De pâles feux, de douteuses clartés.
Dans les béfrois l'heure funèbre sonne.
C'était minuit... l'heure des trépassés.
Sur son granit le vieux Lion tressaille,
Il a rugi. Sa formidable voix
Frappe l'écho comme un cri de bataille,
Ce cri puissant a retenti trois fois.

Du bon saint Marc la grande basilique
S'éclaire alors d'un jour mystérieux :
Sur des gradins, un trône fantastique
Semblait attendre une ombre des aïeux.
La nef s'emplit de glorieux fantômes,
Doges, sénats, honneur des temps passés;
Ces braves chefs, ces marins, ces grands hommes,
De l'Ottoman ennemis redoutés.
Ils portaient haut ton pavillon, ô reine!
Sous ton beau ciel, sur tes flots azurés,
Quand, dans l'éclat de ta beauté sereine,
Tu souriais à tes peuples charmés ;
Lorsqu'autrefois, dans tes fêtes guerrières,
Tout pavoisés, tout remplis de splendeurs,
Tes ports s'ouvraient à tes fortes galères,
Aux cris joyeux d'innombrables rameurs;
Lorsque, chargé des palmes du Bosphore,
Comme un guerrier vainqueur dans cent combats,
Roi de ces mers, le géant Bucentaure
Se balançait, inclinant tous ses mâts
Pour saluer ta grandeur souveraine.

De tous les lieux où le dogal anneau
Scella jadis la gloire vénitienne;

De tous les lieux où brilla le flambeau
Des arts féconds créés par ton génie;
De l'Hellespont, d'Athènes, de Patras,
Et de Samos, et de Chypre fleurie,
De Napoli, d'Épire où tu régnas,
Tes patriciens, tes soldats, tes pilotes,
Représentants endormis dans la mort,
De tes conseils, de tes camps, de tes flottes,
Sont arrivés... Place à ton livre d'or !

Quand dans tes mains le sort brisa ton sceptre,
Quand ta couronne eut perdu ses rayons,
L'Adriatique, où se mirait ton spectre,
Jetait sa plainte à tous les horizons.
Aussi, parfois, dans le vaste silence
Des flots calmés, de la terre et des airs,
Quand, suspendue à la coupole immense,
La lune pâle aux espaces déserts
Distribuait sa tremblante lumière,
Longtemps encor, fantastique débris,
Mirage éteint de ta grandeur première,
Aux vents des nuits abandonnant les plis
D'un pavillon autrefois redoutable,
La nef-fantôme a sillonné ces mers.

Le Teuton vint. Son joug intolérable
Pesa sur toi; tu languis dans les fers.
Ton Pellico, douce et sainte mémoire,
Ton Pellico burine avec des pleurs
De ses prisons la lamentable histoire,
Et des martyrs révèle les douleurs.
Deux Italiens, deux enfants des Lagunes,
Les Bandiéra, du sol napolitain
Sur un esquif envahissaient les dunes,
Jetant aux airs ce cri comme un tocsin :
— « Peuple, debout! debout, terre asservie!
« Sus au tyran! voici votre drapeau! »
La mort les prit... et la pauvre Italie
Pleura ses fils, et maudit le bourreau.

Et les champions de Venise insurgée,
Fiers citoyens, fils de la liberté,
Héros martyrs d'une cause sacrée,
Tous, pour briser un pouvoir détesté,

Morts dans les fers, ou tombés sous les balles,
Quand, l'arme au poing, déployant l'étendard,
Ils combattaient sur les rives natales,
Avec ce cri : — Guerre ! guerre à César !

Bientôt après, une ombre lumineuse,
Qu'accompagnait un pur rayon du ciel,
Sur le parvis glisse silencieuse,
Et fait d'abord un geste solennel.
C'était Manin... Avec lui, dans l'enceinte,
A flots pressés, Toscans, Napolitains,
Les amis morts d · la liberté sainte,
Génois, Lombards, Calabrais, Siciliens,
Sont accourus. — Cette assemblée étrange,
Fantômes vains, cénacle des tombeaux,
Sous l'œil de Dieu se déroule et se range
En murmurant les hymnes nationaux.

Les voilà tous : une blanche auréole
Sur chaque front brille d'un doux éclat;
Sur chaque front c'est l'espoir qui console.
On entrevoit le suprême combat
Qui doit souder Venise à l'Italie.

Des profondeurs de ces vastes arceaux,
Un chant du ciel, lente et suave harmonie,
Monte et s'étend dans des rhythmes nouveaux.
La toile vit, et les vieilles statues,
Marbres sculptés, images des patrons,
Des piédestaux gravement descendues,
A ces refrains mêlent les oraisons.

Le signe heureux qui prend place et rayonne
Au nouveau ciel de notre liberté,
L'étendard saint se penche vers le trône
Où se montrait, alors transfiguré,
Le promoteur de la grande patrie (1).
Il veut parler... Vers les groupes confus
Sa main s'étend... Sa parole bénie
A dominé les chants interrompus.

« Gloire au Très-Haut ! Vous, morts de tous les âges,
« De tous les rangs, qu'un signe de grandeur

(1) Manin.

« Avait marqués, les poëtes, les sages,
« Vous qui rêviez de patrie et d'honneur,
« Gloire au Très-Haut! et vive l'Italie!
« L'heure a sonné, les temps vont s'accomplir.
« La nation d'une nouvelle vie
« S'anime, et, vers un splendide avenir
« Les yeux fixés, tressaille d'allégresse.
« Réjouis-toi sur tes bords délivrés,
« Venise, et vois le Teuton en détresse
« Pleurer, vaincu, sur ses forts renversés.

« Elle est encore triste et découronnée,
« Sur les Sept-Monts attendant le réveil;
« Mais, au creuset des temps purifiée,
« Rome, sortant de son morne sommeil,
« Va se montrer dans sa beauté nouvelle.
« Espérez donc! Sur son front soucieux,
« Frères, déjà de la Ville éternelle
« Je vois briller le sceau mystérieux.
« Illustres morts, chantez vos chants de fêtes,
« L'esprit divin souffle sur nos cités.
« Les nobles sœurs inclineront leurs têtes...
« Rome se lève... Illustres morts, chantez!... »

Et tout à coup, sous la voûte sacrée,
Éclate en chœur un hymne solennel;
Le grand drapeau de la Régénérée
De ses longs plis vient ombrager l'autel;
Et les guidons, et les vieilles bannières,
Le fier Lion, symbole de grandeur,
Tous les drapeaux, jusqu'aux heures dernières,
Ont salué l'astre libérateur.

Le lendemain, quand de la basilique
L'aube déjà blanchissait les clochers,
A deux battants quand s'ouvrait le portique,
Des fonds obscurs et des sombres piliers,
Du sein de l'ombre où nageaient les statues,
Des voix sortaient. Et ces accords divins,
Ces bruits de l'air, ces notes inconnues,
De la patrie annonçaient les destins.

Paris. — Typ. Gaittet, rue Git-le-Cœur, 7.

www.ingramcontent.com/pod-product-compliance
Ingram Content Group UK Ltd.
Pitfield, Milton Keynes, MK11 3LW, UK
UKHW020459220726
13923UKWH00006B/2650